INSTANTS Magiques 3

Jean-Marc BONNEL
Sophie GENÈS

éditions Les Presses Littéraires

Dans le creux d'un coquillage
J'ai déposé un baiser
Pose le coquillage sur ton oreille
Tu entendras un océan de je t'aime.

Un jongleur fait des pieds
Et des mains pour se loger
Il n'a plus d'adresse.

Des « olé » pour la gloire
Désolé pour la mort
Dans l'arène le roi est mort.

L'oursin, piqué d'aiguilles, bouche cousue
Mène une vie paisible au fond de la mer
Ne lui demandez rien, il n'est pas au courant !

Dans mon jardin, l'idée me vint
De planter une graine d'amour
Aidée du soleil et de la pluie
Une femme a vu le jour
Je m'apprête à la cueillir
La belle s'enfuit aussitôt
Avec les femmes
Je n'aï pas de pot

Les perles d'écoliers
Sont si nombreuses
Que l'on pourrait en faire
Des colliers de perles

Je l'ai dans ma peau,

Ma pomme

Il fait froid ma main réchauffe

Ma pomme

Je l'ai...

Dégoûté de perdre aux échecs
Le joueur se met aux cartes
Adieu les échecs
Bonjour les réussites

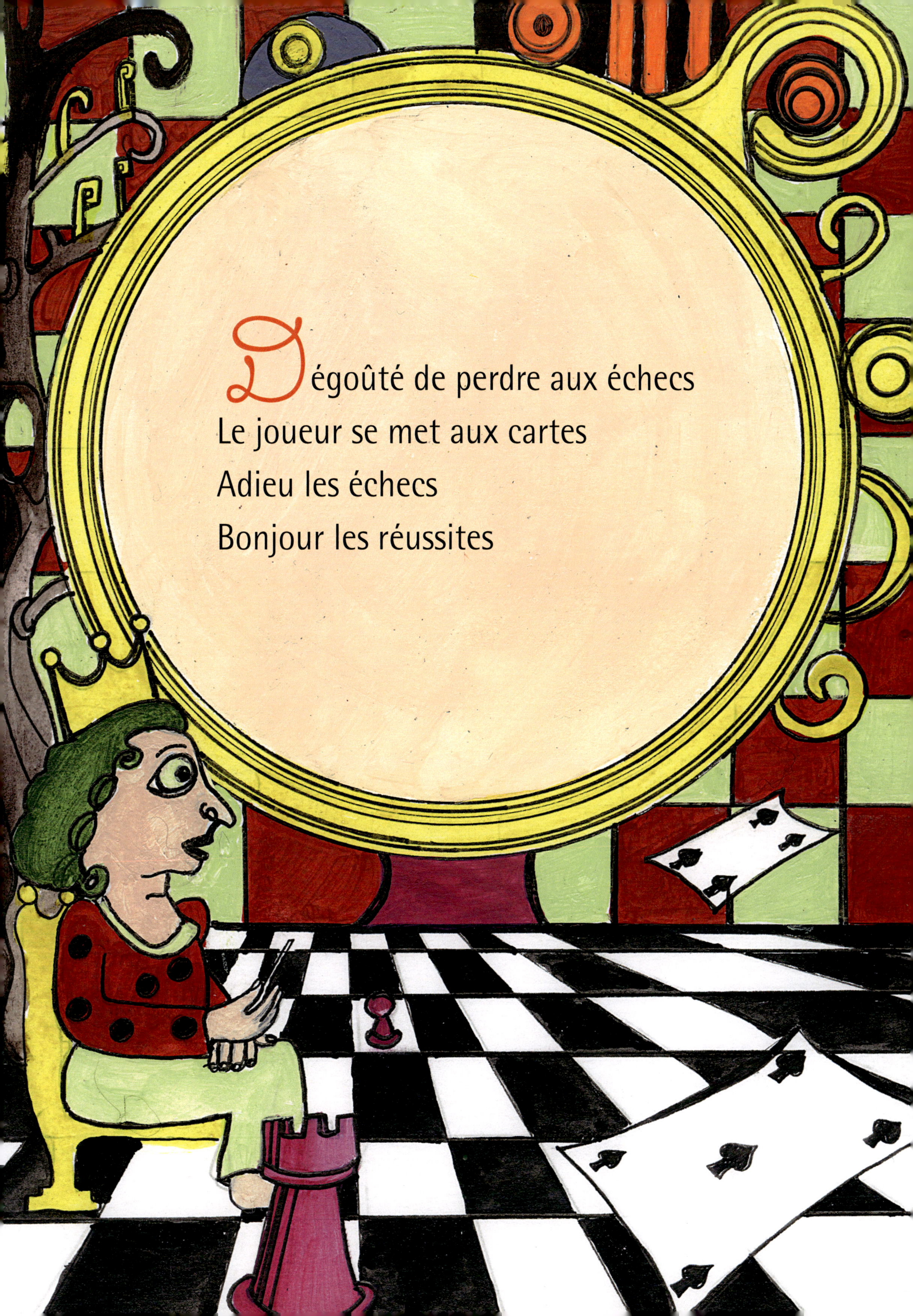

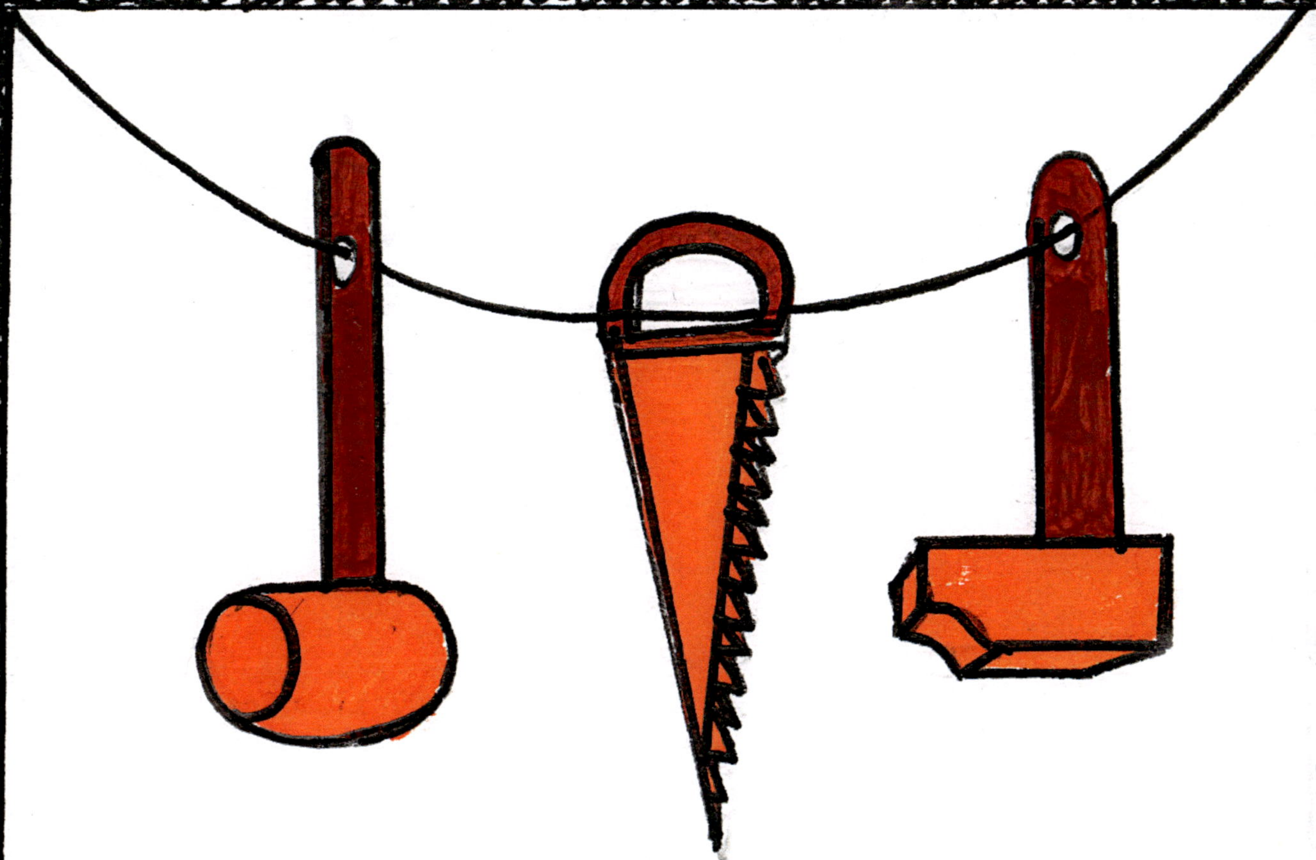

Le bricoleur range sa boîte à outils

Tournevis, marteau, mètre, pince, clés…

Il peut partir content

Il est outillé tout y est

L'artiste sculpte un corps dans un tronc
De la ceinture au cou un buste prend forme
C'est tout un art
Un art buste

Un essaim d'étoiles butine la nuit
La reine se marie
Lune de miel

Plaqué par sa femme
Demandeur d'emploi
Analyses désastreuses
Un homme promène l'écriteau

Des bombes tombent
Des hommes tombent
Des morts
Des tombes

Par amour pour vous
Une perle se suicide
Et se pend
A votre cou

Une loupe sur l'œil
le loup inspecte la bergerie
Le troupeau a disparu
Il ne reste que poussière
Et moutons

Après avoir mis son vin en bouteilles

Le viticulteur livre sa récolte.

IL fonce,

Evite les bouchons, fait des tonneaux.

Il fut!

Dans le désert une trace
Une caravane est passée par là
Dans le ciel une trace
Un avion est passé par là
Sur ton visage une ride
La vie est passée par là

Le pinson entre dans le bal masqué

Il va et vient

Personne ne le reconnaît

Il sort serein

Le coq salue le soleil couchant

Les poules rentrent dans l'ombre

Une à une les étoiles

Picorent la nuit

Sur les lignes des vagues
Le navire écrit un poème à la mer
C'est un dragueur

Amicale pensée à Josiane Maudet

et à Didier André

ACHEVÉ D'IMPRIMER EN JANVIER 2016 DANS LES ATELIERS DES PRESSES LITTÉRAIRES À SAINT-ESTÈVE – 66240
D.L. : 1er TRIMESTRE 2016 – N° D'IMPRIMEUR : 22822
Imprimé en France